TEENOORGESTELDE KANTE

Teenoorgestelde kante

ALDIVAN TORRES

Canary Of Joy

CONTENTS

1- 1

1

Teenoorgestelde kante
Aldivan Torres
Teenoorgestelde kante

Outeur: Aldivan Torres
©2017-Aldivan Torres
Al die regte voorbehou

Hierdie boek, insluitend al sy dele, word beskerm deur kopiereg en kan nie sonder Skrywer se toestemming, herverkoop of oorgedra word nie.

Kort Biografie: Aldivan Torres het die reeks die siener, die reeks seuns van die lig, poësie en skrifte. Sy literêre loopbaan het einde 2011 begin met die publikasie van sy eerste romanse. Om watter rede ook al, het hy ophou skryf eers in die tweede helfte van 2013 sy loopbaan hervat. Sedertdien het hy nooit gestop nie. Hy hoop dat sy skryfwerk sal bydra tot die Pernambuco en Brasiliaanse kultuur, wat die plesier sal wek om te lees in diegene wat nog nie die gewoonte het nie. Sy leuse is "Vir letterkunde, gelykheid, broederskap, geregtigheid, waardigheid en die menslike eer vir ewig".

'n Nuwe era

Na 'n mislukte poging om 'n boek te publiseer, voel ek my krag herstel en versterkend. Ek glo in my talent en ek glo dat ek my drome gaan verwesenlik Ek het geleer dat alles op sy tyd gebeur en ek glo dat ek volwasse genoeg is om my doelwitte te bereik. Onthou altyd: Wanneer ons regtig iets wil hê, is die wêreld saamsweer om dit te laat gebeur. Dit is hoe ek voel: hernieu met krag. Ek dink aan die werke wat ek so lank gelede gelees het, wat my kultuur en my kennis beslis verryk het Boeke bring ons deur atmosfeer en heelalle wat ons nie ken nie. Ek voel dat ek deel moet wees van die geskiedenis, die groot geskiedenis wat literatuur is. Dit maak nie saak as ek anoniem bly of 'n groot skrywer word wat wêreldwyd erken word nie. Wat belangrik is, is die bydrae wat elkeen gee aan hierdie groot heelal.

Ek is gelukkig vir hierdie nuwe gesindheid en ek berei 'n groot reis af. Hierdie reis sal my lot verander en ook die lot van diegene wat hierdie boek geduldig kan lees. Laat ons saam gaan in hierdie avontuur.

Voorbereidings

Ek pak my tas met my persoonlike voorwerpe van die allergrootste belang: sommige klere, goeie boeke, my onafskeibare kruis en heilige boek en papier om te skryf. Ek voel dat ek baie inspirasie sal kry . Wie weet, miskien sal ek die skrywer word van 'n onvergeetlike storie wat in die geskiedenis opgeteken is. Voordat ek gaan, moet ek egter afskeid neem van almal (veral my ma). Sy is beskermer en sal nie toelaat dat ek sonder 'n goeie rede of ten minste met 'n belofte dat ek sal terug kom gou. Ek voel dat ek sal hê, een dag, gee 'n uitroep van vryheid en vlieg as 'n voël wat sy eie vlerke geskep het... en sy sal moet verstaan, want ek behoort nie aan haar nie, maar eerder aan die heelal wat my verwelkom het sonder om iets van my te vereis in ruil. Dis vir die heelal wat ek besluit het om 'n skrywer te word en my rol te vervul en my talent te ontwikkel. Wanneer ek aan die einde van die pad kom en iets van myself gemaak het, sal ek gereed wees om in gemeenskap met die skepper te gaan en 'n nuwe plan te leer. Ek is seker dat ek ook 'n spesiale rol daarin sal speel.

Ek gryp my tas vas en met hierdie ek voel angs styg in my. Vrae kom by my op en ontstel my: Hoe sal hierdie reis wees? Sal die onbekende gevaarlik wees? Watter voorsorgmaatreëls moet ek tref? Wat ek wel weet is dat dit gedagtes interessant sal wees vir my loopbaan en ek is bereid om dit te doen. Ek gryp my tas (weer) en voordat ek vertrek, soek ek my familie om totsiens te sê. My ma is in die kombuis en maak middagete voor saam met my suster. Ek kom nader en spreek die belangrike saak.

" Dit sal my enigste metgesel wees, behalwe julle, lesers), in 'n reis wat ek bereid is om te onderneem. Ek soek wysheid, kennis en die genot van my professie Ek hoop dat julle die besluit wat ek geneem het, verstaan en goedkeur. Kom, gee my 'n drukkie en goeie wense.

"My seun, vergeet jou doelwitte omdat dit vir arm mense soos ons onmoontlik is. Ek het duisend maal gesê: Jy sal geen afgod of iets soortgelyks wees nie. Verstaan: Jy is nie gebore as 'n groot man. (Juliet, my Moeder)

" Sy weet waarvan sy praat en is absoluut reg. Jou droom is onmoontlik, want jy het nie talent nie. Aanvaar dat jou sending net om 'n eenvoudige wiskunde onderwyser te wees. Jy sal verder nie gaan as dit: Dalva, my suster, sê.

" Waarom glo julle nie dat ek suksesvol kan wees nie? Ek waarborg jou: al betaal ek om my droom te verwesenlik, ek sal suksesvol wees, want die man wat in homself glo, is 'n vername. Ek sal hierdie reis onderneem en ek sal ontdek alles wat daar is om te openbaar. Ek sal gelukkig wees, want geluk bestaan uit die weg wat God verlig om ons te gee sodat ons wenners word.

Nadat ek dit gesê het, sit ek my na die deur met die sekerheid dat ek 'n wenner op hierdie reis sal wees: die reis wat my na onbekende bestemmings sal neem.

Die Heilige Berg

'N lang tyd gelede, het ek gehoor van 'n baie onherbergsame berg in die gebied van Pesqueira. Dit is deel van die bergreeks van Ororubá (inheemse naam) waar die inheemse Xukuru mense woon. Hulle sê dat dit heilig geword het na die dood van 'n geheimsinnige medisyne man uit een van die Xukuru stamme. Dit is in staat om enige wens 'n werklikheid te maak, solank die bedoeling suiwer en opreg is. Dit is die beginpunt van my reis wie se doel is om die onmoontlike te maak. Glo jy lesers? Dan bly by my spesiale aandag aan die verhaal.

Na die BR-232 hoofweg, die munisipaliteit van Pesqueira, ongeveer vyftien myl van die middel af, is Mimoso, een van sy distrikte. 'n Moderne brug, wat onlangs gebou is, gee toegang tot die plek wat tussen die berge van Mimoso en Ororubá is, gebaai deur die Mimoso rivier wat tot onder in die vallei loop. En die heilige berg is presies op hierdie stadium en dit is waar ek bestuur.

Die heilige berg is langs die distrik geleë en ek is in 'n kort tydjie aan die voet daarvan. My gedagtes dwaal deur die ruimte en verre tyd in die verbeelding van onbekende situasies en verskynsels. Wat wag op my op die klim van hierdie berg? Hierdie sal beslis herlees werk en interessante ondervindinge wees. Die berg is kort van gestalte en met elke stap voel ek meer selfvertroue, maar ook verwagtend Herinneringe by my intense ondervindinge wat ek gedurende my ses en twintig jaar geleef het. In hierdie kort tydjie was daar baie fantastiese gebeurtenisse wat my laat glo dat ek spesiaal was. Geleidelik, ek kan hierdie herinneringe met julle deel, lesers, sonder skuldgevoelens Maar, dit is nie die tyd nie. En ek sal die pad van die berg bly opgaan op soek na al my begeertes. Dit is wat ek hoop en vir die eerste keer moeg is. Ek het die helfte van die roete gereis. Ek voel nie fisiese uitputting nie, maar hoofsaaklik verstandelik as gevolg van vreemde stemme wat my vra om terug te gaan. Hulle dring nogal 'n bietjie aan Maar, ek gee nie maklik. Ek wil die top van die berg bereik vir alles wat dit werd is. Die berg asem vir my met veranderinge wat ontbloot word vir die wat in sy heiligheid glo. Wanneer ek daar kom, dink ek sal ek weet presies wat om te doen om die pad te bereik wat my deur hierdie reis sal lei dat ek so lank gewag het. Ek hou my geloof en my doelwitte in stand, want ek het 'n God wat die God is van die onmoontlike. Kom ons gaan stap.

Ek het al 3 kwart van die paadjie gegaan, maar ek word nog steeds deur die stemme gejaag. Wie is ek? Waar gaan ek? Waarom voel ek dat my lewe dramaties sal verander na die ervaring op die berg? Afgesien van die stemme, lyk dit of ek alleen op die pad is. Kan dit wees dat ander skrywers dieselfde ding gevoel het op pad na die afdraand van heilige paaie? Ek dink dat my mistisisme anders sal wees as enige ander. Ek moet aanhou, ek moet al die struikelblokke oorkom en weerstaan. Die dorings wat my liggaam beseer is baie gevaarlik vir mense. As ek hierdie opgang oorleef, sou ek myself alreeds as 'n wenner beskou.

Stap vir stap, ek is nader aan die bo. Ek is al 'n paar meter van dit af. Die sweet wat van my afloop, lyk of dit vassit in die geur van die berg. Ek stop vir 'n bietjie. Sal my geliefdes bekommerd wees? Wel, dit maak regtig nie nou saak nie. Ek het om te dink oor myself, op die oomblik, om te kom na die top van die berg. My toekoms hang daarvan af. Net 'n paar treë meer en ek kom bo 'n Koue wind waai, gefolter stemme verwar my redenasie en ek voel nie goed nie. Die stemme skreeu:

"Hy het opgevolg, hy moes toegeken word! Is hy selfs waardig? "Hoe het hy daarin geslaag om die hele berg te klim? Ek is verward en duiselig, ek dink nie ek is goed.

Voëls huil, en strale van die son streel my gesig in sy geheel. Waar is ek? Ek voel asof ek die vorige dag dronk geword het Ek probeer opstaan, maar 'n arm voorkom my. Ek sien dat aan my sy 'n middeljarige vrou is met rooi hare en gelooi vel.

"Wie is jy? Wat het met my gebeur? My hele liggaam is seer. My verstand voel verward en vaag Is dit alles bo-op die berg? Ek dink dat ek moes gebly het in my huis. My drome het my tot op hierdie punt aangespoor Ek het stadig die berg geklim, vol hoop vir 'n beter toekoms en 'n paar rigting na persoonlike groei. Maar, ek kan feitlik nie beweeg nie. Verduidelik dit alles vir my, ek smeek jou.

"Ek is die bewaker van die berg. Ek is die gees van die aarde wat hierheen en Jon waai. Ek is hierheen gestuur, want jy het die uitdaging gewen. Wil jy jou drome bewaarheid? Ek sal jou help om dit te doen, kind van God! Jy het nog baie uitdagings om te hanteer. Ek sal jou voorberei. Moenie bang wees nie. Jou God is met jou. Rus bietjie. Ek sal terug wees met kos en water om in jou behoeftes te voorsien Intussen, ontspan en mediteer soos jy altyd doen.

Na het gesê dat die dame verdwyn uit my gesig. Hierdie ontstellende beeld het my meer benoud en vol twyfel gelaat. Watter uitdagings sou ek moet wen? Watter stappe het hierdie uitdagings behels? Die top van die berg was regtig 'n baie pragtige en kalm plek. Van die hoogte, kan 'n mens die klein agglomerasie van huise in Mimoso sien. Dit is 'n plato gevul met steil paaie vol van plantegroei aan alle kante. Hierdie heilige plek, onaangeraak van natuur, sou dit regtig my planne uitvoer? Sou dit my 'n skrywer maak by my vertrek? Net die tyd kon hierdie vrae beantwoord. Vandat die vrou 'n ruk lank neem, het ek begin om te mediteer aan die top van die berg. Ek gebruik die volgende tegniek: Eerstens, ek maak my verstand (vry van enige gedagtes). Ek begin in harmonie met die natuur om my, verstandelik te dink aan die hele plek. Van daar af begin ek verstaan dat ek deel van die natuur is en dat ons heeltemal onderling verbind is in 'n groot ritueel van gemeenskap. My stilte is die stilte van Moeder Natuur, my huil is ook haar huil, geleidelik, ek begin om haar begeertes en aspirasies te voel, en omgekeerde. Ek voel haar ontstelde hulpgeroep om te pleit dat haar lewe gered word van menslike vernietiging: Ontbossing, oormatige mynbou, jag en visvang, die uitstorting van besoedelde gasse in die atmosfeer en ander menslike gruweldade. Net so luister sy na my en ondersteun my in al my planne Ons is heeltemal gesluit gedurende my meditasie. Al die harmonie en medepligtigheid het my totaal stil en gekonsentreer op my begeertes. Totdat iets verander: Ek voel dieselfde aanraking dat eens wakker my. En ek het my oë oopgemaak, en gesien dat ek van aangesig tot aangesig was met dieselfde vrou wat haarself die bewaker van die heilige berg genoem het.

" Die berg het jou gehelp om 'n bietjie van jou potensiaal te ontdek. Jy sal groei op baie maniere. Ek sal jou help gedurende hierdie proses. Eers vra ek dat jy na die natuur draai om balke, stewels, stutte en lyne op te rig 'n hut, dan brandhout te maak 'n vreugdevuur. Dit is al naby en jy moet jou beskerm teen die wilde diere Van môre af sal ek jou leer die wysheid van die bos sodat jy die werklike uitdaging kan oorkom: Die grot van wanhoop. Net die suiwer van hart oorleef die vuur van sy ontleding. Wil jy jou drome bewaarheid? Betaal dan die prys vir hulle. Die heelal gee niks vir enigiemand iets gratis nie. Dit is ons wat waardig moet word om sukses te behaal. Dit is 'n les wat jy moet leer, my seun.

" Ek sal hopelik alles leer wat ek nodig het om die uitdaging van die grot te oorkom. Ek het geen idee wat dit is nie, maar ek het vol vertroue. As Ek die berg oorwin, sal Ek ook in die spelonk voorspoedig wees. Wanneer ek vertrek, dink ek dat ek gereed sal wees om te wen en sukses te behaal.

" Jy ken nie die grot waarvan ek praat nie. Weet dat baie krygsmanne al deur sy vuur verhoor is en vernietig is. Die grot wys nie vir iemand nie, nie eers die dromers nie Wees geduldig en leer alles wat ek jou sal leer. So, jy sal 'n ware wenner word. Onthou: Selfvertroue help, maar net met die regte hoeveelheid.

" Dankie vir al jou advies Ek belowe jou dat ek dit sal volg tot die einde toe. As die wanhoop van die twyfel my tref, sal ek my aan u woorde herinner en my ook daaraan herinner dat my God my altyd sal verlos. As daar geen ontkoming is in die nag van die siel, sal ek nie vrees nie. Ek sal klop die grot van wanhoop, die grot wat niemand ooit ontkom het!

Die vrou het gesê totsiens vriendelik belowe terugkeer op 'n ander dag.

Die hut

'n Nuwe dag. verskyn Voëls fluit en sing hulle melodieë, die wind is noordoos en sy bries verfris die son wat opkom hewig warm hierdie tyd van die jaar. Tans, is dit Desember en vir my hierdie maand verteenwoordig een van die mooiste maande soos dit die begin van skoolvakansie is. Dit is 'n welverdiende breek na 'n lang jaar gewy aan studies in 'n universiteitskursus van Wiskunde; Die oomblik dat jy al die integraal, afgeleides en poolkoördinate kan vergeet. Nou moet ek my bekommer oor al die uitdagings wat die lewe my gaan tref. My drome hang daarvan af. My rug is seer as gevolg van 'n slegte nag van slaap lê op die geslaan aarde wat ek voorberei het as 'n bed. Die hut wat ek gebou het met ongelooflike poging en die vuur wat ek verlig het vir my 'n sekere hoeveelheid sekuriteit in die nag. Maar, ek het hoor huil en voetstappe buite dit. Waar het my drome my gelei? Die antwoord is na die einde van die wêreld waar die beskawing nog nie gekom het nie. Wat sou jy doen, leser? Sou jy ook 'n reis waag om jou diepste drome te bewaarheid? Kom ons gaan voort met die verhaal.

Oorvloei in my eie gedagtes en vrae, min het ek besef dat, aan my kant, was die vreemde dame wat beloof het om my te help op my pad.

"voor iets, ek moet jou waarsku dat die grond wat jy loop, heilig is. Daarom, moenie mislei word deur voorkoms of impulsiwiteit nie. Vandag is jou eerste uitdaging Ek sal jou nie meer kos of water bring nie. Jy sal hulle vind volgens jou eie rekening Volg jou hart in alle situasies En julle moet bewys dat julle waardig is.

"Daar is kos en water in hierdie struik en ek moet dit bymekaarmaak? Kyk, Madam, ek is gewoond aan inkopies in 'n supermark Sien hierdie hut? Dit het my sweet en trane gekos en ek dink nie dat dit veilig is. Waarom gee jy my nie die geskenk wat ek nodig het nie? Ek dink ek het bewys myself waardig te wees die oomblik wat ek geklim het daardie steil berg.

" Die berg is net 'n stap in die proses van jou geestelike verbetering. Jy is nog nie gereed nie. Ek moet jou daaraan herinner dat ek nie geskenke gee nie Ek het geen mag om dit te doen nie. Ek is net die pyl wat die pad aandui Die grot is die een wat jou wense toestaan. Dit word die grot van wanhoop genoem deur diegene wie se drome sedertdien onmoontlik geword het.

" Ek het niks anders om te verloor nie. Die grot is my laaste hoop op sukses.

Nadat ek dit gesê het, staan ek op en begin met die eerste uitdaging. Die vrou het verdwyn soos rook.

Die eerste uitdaging

Met die eerste oogopslag sien ek dat 'n aangerande pad voor my is. Ek begin om dit af te stap In plaas van die onder borsel vol dorings sal die beste wees om die voetslaanpad te volg. Die klippe wat my voetstappe wegvee, lyk my iets te vertel. Kan dit wees dat ek op die regte pad is? Ek dink aan alles wat ek agtergelaat het op soek na my droom: Huis, kos, skoon klere en my wiskundeboeke. Is dit regtig die moeite werd? Ek dink ek sal uitvind. (Tyd sal leer). Die vreemde vrou lyk nie om my alles vertel het nie Hoe meer ek geloop het, hoe minder het ek gevind. Die bokant het nie lyk so uitgebreid noudat ek aangekom het. 'n Lig... Ek sien 'n lig voor. Ek moet daarheen gaan. Ek kom by 'n ruim oopmaak waar die son se strale weerspieël duidelik die voorkoms van die berg. Die spoor kom tot 'n einde en word herbore in twee afsonderlike paaie. Wat doen ek? Ek het vir ure geloop en my krag lyk of ek uitgeput was. Ek sit 'n oomblik om te Rus. Twee paaie en twee keuses. Hoeveel maal in die lewe is ons te staan kom voor situasies soos hierdie, Die entrepreneur wat tussen die oorlewing van die maatskappy of die beëindiging van sommige werknemers, die arme moeder van die agterland in die Noordoostelike deel van Brasilië, wat het om te kies wat een van haar kinders te voed; Die ontroue man wat moet kies tussen sy vrou en sy minnares, in elk geval, daar is baie verskillende situasies in die lewe. My voordeel is dat my keuse net myself sal raak. Ek moet my intuïsie volg soos die vrou aanbeveel het.

Ek staan op en kies die pad regs. Ek maak goeie vordering op hierdie pad en dit neem my nie lank om nog 'n oopte te sien. Hierdie keer kom ek 'n waterpoel en 'n paar diere rondom. Hulle koel hulleself in die helder en deursigtige water. Hoe moet ek voortgaan? Ek het uiteindelik water gekry, maar dit is vol diere. Ek raadpleeg my hart en dit sê vir my dat almal die reg het om water te gee Ek kon nie net skiet hulle en hulle ontsê nie. Die natuur gee 'n oorvloed van hulpbronne vir die oorlewing van sy mense. Ek is maar een van die drade in die web wat dit weef. Ek is nie hoër as die punt dat ek myself as die meester daarvan beskou nie. Met my hande het ek in die water gekom en dit gegiet in 'n pot wat ek van die huis af gebring het. Die eerste deel van die uitdaging word aanvaar. Nou moet ek kos vind.

Ek loop op die spoor, in die hoop om iets te vind. My maag grom soos dit al middag is Ek begin om te kyk na die kante van die spoor. Miskien is die kos binne die bos. Hoe dikwels soek ons die maklikste pad, maar dit is nie die een wat tot sukses lei nie? (nie al die klimmer wat op 'n spoor volg, is die eerste om die top van die berg te bereik nie). Kortpaaie lei jou vinnig na jou teiken. Met hierdie gedagte, verlaat ek die spoor en kort na 'n piesang en 'n kokosboom. Dit is van hulle dat ek my voedsel gaan kry. Ek moet hulle uitklim met dieselfde krag en geloof waarvan ek die berg geklim het. Ek probeer een, twee, drie keer. Ek slaag. Ek sal nou terug na die hut, want ek het die eerste uitdaging voltooi.

Die Tweede uitdaging

Ek kom by my hut, vind die bewaker van die berg wat verskyn meer briljant as ooit. Haar oë dwaal nooit van my eie af nie Ek dink dat ek baie spesiaal is vir God. Ek voel sy teenwoordigheid op alle tye. Hy wek my in elke opsig op Wanneer ek werkloos was, het Hy 'n deur oopgemaak, toe ek nie enige geleenthede gehad het om professioneel te groei, het Hy my nuwe paaie, toe in tye van die krisis, Hy het my bevry van die boeie van Satan. Daardie uitdrukking van die vreemde vrou het my in elk geval herinner aan die man wat ek tot onlangs was My huidige doel was om te wen ongeag die struikelblokke wat ek moes oorkom.

" Ek wens jou geluk . Die eerste uitdaging is om jou wysheid te ondersoek en jou vermoë om besluite te neem en te deel. Die twee paaie verteenwoordig die " Teenoorgestelde kant " wat die heelal (goed en kwaad) beheer. 'n Mens is heeltemal vry om een van die pad te kies. As iemand die pad op die regte een kies, sal hy verlig word deur die hulp van engele in alle oomblikke van sy lewe. Dit was die pad wat jy gekies het. Maar, dit is nie 'n maklike pad. Dikwels sal twyfel jou aanval en jy sal wonder of hierdie pad selfs die moeite werd was. Die mense van die wêreld sal altyd skadelik wees en u welwillendheid benut. Wat meer is, die vertroue wat jy in ander stel, sal jou amper altyd teleurstel. Dink aan jou God, as jy kwaad word, en Hy sal jou nooit verlaat nie. Moet nooit toelaat dat rykdom of begeerlikheid jou hart verdraai nie Jy is spesiaal en weens jou waarde God beskou jou as sy seun. Moet nooit van hierdie genade afval nie. Die pad aan die linkerkant is vir elkeen wat wederstrewig was by die oproep van die Here. Ons word almal gebore met 'n goddelike sending. Sommige wyk egter daarvan af met materialisme, slegte invloede, verdorwenheid van die hart. Diegene wat die pad links kies, eindig nie met 'n aangename toekoms nie, Jesus het ons geleer. Elke boom wat geen goeie vrugte gee nie , sal uitgeruk en in die buitenste duisternis gegooi word. Dit is die lot van die slegte mense, want die Here is regverdig. Toe jy dan die gat en daardie bejammerenswaardige diere gevind het, het jou hart harder gespreek. Luister altyd daarna en jy sal ver gaan. En die geskenk van mededeelsaamheid het op daardie oomblik oor jou geskyn, en jou geestelike groei was verbasend. Die wysheid wat jy gehelp het om voedsel te vind. Die maklikste pad is nie altyd die regte pad om te volg nie. Ek dink dat jy nou gereed is vir die tweede uitdaging. In drie dae sal jy uit jou hut kom en 'n feit soek Tree volgens jou gewete op. As jy verbygaan, sal jy aan die derde en finale uitdaging voldoen.

" Ek weet nie wat in die grot op my wag nie, en ek weet nie wat met my sal gebeur nie. Jou bydrae is baie belangrik vir my Vandat ek die berg geklim het, voel ek dat my lewe verander het. Ek is meer kalm en vol vertroue van wat ek wil. Ek sal die tweede uitdaging voltooi.

" Ek sal jou sien drie dae van nou af.

Die dame verdwyn weer. Sy het my alleen gelaat in die stilte van die aand saam met krieke, muskiete en ander insekte.

Die Gees van die berg

Nag val oor die berg. Ek steek 'n vuur aan en sy geknetter my hart. Dit is twee dae sedert ek die berg geklim het en dit lyk nog soos 'n vreemdeling vir my. My gedagtes dwaal rond in my kinderdae, en die spot en die skrik en die skrik en die tragedies. Ek onthou goed die dag ek geklee het as 'n Indiaan: Met boog, pyl en tomahawk. Nou, ek was op 'n berg wat heilig was, juis as gevolg van die dood van 'n geheimsinnige inheemse man (die Mediese Man van die stam). Ek moet aan iets anders dink vir die vrees is vries my siel. Dis die geluide rondom my hut en ek het geen idee wat of wie hulle is nie Hoe oorkom 'n mens sy vrees by so 'n geleentheid? Antwoord my leser, want ek weet nie. Die berg is nog onbekend vir my.

Die geluid beweeg al hoe nader en ek het geen plek om te vlug nie. Om die hut te verlaat sou dwaas wees, want ek kon verslind word deur wrede diere. Ek sal moet verduur wat dit ook al is Die geraas hou op, en 'n lig verskyn. Dit maak my nog banger. Met 'n haas van moed roep ek uit:

'n Stem, antwoord:

" Hou op met jou droom, of jy sal dieselfde lot hê. Ek was 'n klein, inheemse man van' dorpie binne die Xukuru Nasie. En ek het 'n voorvader van my stam geword en 'n sterker man as 'n leeu. So het ek afgekyk na die heilige berg om my doelwitte te bereik. Ek het die drie uitdagings gewen wat die bewaker van die berg aan my opgedwing het. Maar toe ek in die spelonk ingaan, is ek deur sy vuur verswelg wat my hart en my doelwitte verpletter het. Vandag ly my gees, en is hopeloos vas aan hierdie berg. Luister na my, of jy sal dieselfde lot hê.

My stem het gevries in my keel en vir 'n oomblik kon ek nie reageer op die pyniging gees. Hy het skuiling agtergelaat, kos, 'n warm familie omgewing. Ek het twee uitdagings gehad wat in die grot oorgebly het, die grot wat die onmoontlike waar kan maak. Ek sou nie maklik opgee op my droom nie.

" Die grot doen nie klein wonderwerke. As ek hier is, is dit om 'n edele rede Ek dink nie materiële goedere voor nie My droom gaan verder as dit. Ek wil graag self professioneel en geestelik ontwikkel Kortom, ek wil werk wat ek geniet, om geld verantwoordelik te verdien en bydra met my talent vir 'n beter heelal. Ek gee nie so maklik moed op met my droom nie.

Die spook het geantwoord:

" Jy is niks anders as 'n arm jong man wat onbewus is van die uiterste gevaar binne die pad wat hy volg nie. Die voog is 'n kwaksalwer wat jou bedrieg. Sy wil jou bederf.

Die aandrang van die spook het my geïrriteer Het hy my geken, per toeval? God, in sy barmhartigheid, sal nie toelaat dat my mislukking. God en die Maagd Maria was altyd effektief by my kant. Die bewys hiervan was die verskeie verskynings van die Maagd my lewe. In "Visioen van 'n Medium" (' 'n boek wat ek nog nie gepubliseer het nie) 'n toneel word beskryf waar ek op 'n bank sit in 'n plein, voëls en die wind ontstel my, en ek is diep nadenke oor die wêreld en die lewe in die algemeen. Skielik het die figuur van 'n vrou verskyn wat, toe hy my sien raadpleeg het:

Ek het dadelik geantwoord:

", ja, met my hele wese.

Onmiddellik, het sy haar hand op my kop en gebid:

"Mag die God van die heerlikheid jou in die lig bedek en aan jou baie gawes gee.

en sy het dit gesê en toe ek dit besef, was sy nie meer by my sy. Sy het eenvoudig verdwyn.

Dit was die eerste verskyning van die Maagd in my lewe. Weer, vermom haarself as bedelaar, kom sy na my toe terwyl ek vra vir 'n verandering. Sy het gesê sy is 'n boer en is nog nie afgetree. Eers, ek het haar 'n paar muntstukke wat ek in my sak gehad het. Toe ek die geld ontvang, het sy my bedank en toe ek dit besef, het sy verdwyn. Op die berg, op daardie oomblik, het ek nie die geringste twyfel dat God my liefhet en dat hy by my kant. Daarom het ek met 'n sekere onbeskofte houding gereageer.

" Ek ken my beperkings en my geloof Gaan weg! Gaan spook 'n huis of iets Los my uit!

Die ligte het uitgegaan en ek het die geluid van die trappe gehoor wat die hut verlaat. Ek was vry van die spook.

beslissende dag

Die drie dae het verbygegaan sedert die tweede uitdaging. Dit was 'n Vrydagoggend, helder, sonnig en helder. Ek was die horison op hierdie oggend toe die vreemde vrou nader.

"is jy gereed? Soek 'n ongewone gebeurtenis in die bos en tree volgens jou beginsels op. Hierdie is jou tweede toets.

" Ek dink ek is voorbereid.

Jammer, ek gaan na die naaste spoor wat toegang gee tot die bos. My stappe gevolg in 'n amper musikale kadens. Wat was hierdie tweede uitdaging? Angstigheid het my en my voetstappe versnel op soek na 'n onbekende doel. Reg in die voorste uitkom 'n oopte in die spoor waar dit afgelei en geskei het. Maar toe ek daar kom, tot my verbasing, was die bi fleksie weg en ek was eerder kyk na die volgende toneel: 'n seun, wat gesleep word deur 'n volwassene, huil hardop. Emosie het beheer oor my gekry voor onreg en daarom het ek uitgeroep:

"Laat die seun gaan! Hy is kleiner as jy en kan homself nie verdedig nie."

" Ek behandel hom so, want hy wil nie werk nie."

"Jy monster! Klein seuns moet nie hoef te werk nie. Hulle moet studeer en goed geleerd wees. Vrylaat hom!"

"Wie sal my maak, jy?

Ek is heeltemal teen geweld, maar op hierdie oomblik het my hart gevra om te reageer voor hierdie stuk vullis. Die kind moet vrygelaat word.

Saggies, ek stoot die seun weg van die brute en toe begin die man te slaan. Die pes reageer en het my 'n paar houe toegedien. Een van hulle het my leë punt getref. Die wêreld gespin en 'n sterk, deurdringende wind het my hele wese binnegedring: White en blou wolke tesame met vinnige voëls het my gedagtes binnegeval. In 'n oomblik, dit lyk soos my hele liggaam dryf deur die lug. 'n Floutes stem geroep my van ver. In 'n ander oomblik was dit asof ek deur die deure gaan, die een na die ander as struikelblokke. Die deure is goed gesluit en dit het 'n aansienlike hoeveelheid van die pogings om hulle oop te maak. Elke deur het toegang tot óf sitplekke óf heiligdomme, alternatief. In die eerste sitkamer het ek jongmense geklee in wit, versamel om 'n tafel, waarop, in die middel, 'n oop heilige boek. Hulle was die maagde wat gekies is om in die toekomstige wêreld te regeer. 'N krag gestoot my uit die kamer en toe ek die tweede deur oopgemaak het ek het by die eerste heiligdom. Op die rand van die altaar, is wierook stokke met die versoeke van Brasilië se armes verbrand. Aan die regterkant het 'n priester hardop gebid en skielik begin herhaal: Seer! Seer! Seer! By hom was twee vroue met wit hemde. En op hulle is geskrywe: Moontlike droom. Alles begin donker, en toe ek het my houe het ek gesleep gewelddadig uit en met so 'n spoed dat dit het my 'n bietjie duiselig. Ek het die derde deur oopgemaak, en hierdie keer het 'n vergadering van mense gevind: 'n Pastoor, 'n priester, 'n Boeddhis, 'n Moslem, 'n Jood en 'n verteenwoordiger van Afrika godsdienste. En hulle was in 'n kring en in die middel in die middel 'n vuur en die vlamme daarvan het die naam beskryf: Vereniging van volke en paaie tot God. En hulle het mekaar omhels en My na die groep geroep. Die vuur het geskuif uit die middel, op my hand beland en die woord "leer" geloop "die vuur was suiwer lig en het nie brand nie. Die groep het gebreek, die vuur het uitgegaan en weer was ek gestoot uit die kamer waar ek die vierde deur oopgemaak het. Die tweede heiligdom was heeltemal leeg en ek het die altaar genader. Ek het gekniel uit eerbied vir die Geseënde Sakrament, die papier opgetel wat op die vloer was, en ek het my versoek geskryf Ek vou die papier en sit dit by die voete van die beeld. Die stem wat ver weg was geleidelik meer duidelik en skerp geword. Ek het die heiligdom verlaat, die deur oopgemaak en uiteindelik wakker geword. Aan my kant was die voog van die berg.

" Veels geluk! Jy het die uitdaging gewen. Die tweede uitdaging is daarop gemik om jou kapasiteit van selfsug en aksie te ondersoek. Die twee paaie wat die "Teenstanders" verteenwoordig het, het een geword en dit beteken dat jy aan die regterkant moet gaan, sonder om die kennis te vergeet wat jy sal hê by die vergadering van die linkerkant. Jou gesindheid het die kind gered ten spyte van die feit dat hy dit nie nodig gehad het nie Daardie hele toneel was my eie verstandelike projeksie om jou te beoordeel. Jy het die regte benadering. Die meeste mense wanneer hulle voor tonele van onreg te staan kom, verkies om nie in te meng nie. Omissie is 'n ernstige sonde en die persoon word medepligtig aan die oortreder. U het van jouself gegee, soos Jesus Christus vir ons gedoen het. Dit is 'n les wat jy jou hele lewe sal neem.

" Ek sou altyd optree ten gunste van diegene wat uitgesluit is. Wat my dronkslaan is die geestelike ervaring wat ek vroeër gehad het Wat beteken dit? Kan jy aan my verduidelik, asseblief?

"Ons het almal die vermoë om deur gedagte ander wêrelde binne te dring. Dit is wat astrale reis genoem word. Daar is 'n paar deskundiges met betrekking tot hierdie saak. Wat jy gesien het moet verband hou met jou of iemand anders se toekoms, jy weet nooit.

" Ek het die berg geklim, die eerste twee uitdagings voltooi en ek moet geestelik groei Ek dink dat ek binnekort gereed sal wees om die grot van wanhoop in die gesig te staar Die grot wat wonders verrig en drome meer diep maak.

"Jy moet die derde doen en ek sal jou sê wat dit môre is. Wag vir instruksies.

"Ja, generaal. Ek sal angstig wag Hierdie Kind van God, soos jy my genoem het, is baie honger en sal 'n sop vir later berei. Jy is genooi, mevrou.

" Ek hou van sop. Ek sal dit tot my voordeel gebruik om jou beter te leer ken.

Die vreemde dame het weggegaan en my alleen gelaat met my gedagtes Ek het gaan kyk in die bos vir die bestanddele vir die sop.

Die jong meisie

Die berg het reeds donker geword toe die sop gereed was. Die koue wind van die nag en die geraas van insekte maak die omgewing oral op die platteland. Die vreemde dame het nog nie na die hut gekom nie. Ek hoop om alles in orde te hê teen die tyd dat sy daar is Ek proe die sop: Dit was regtig goed, maar ek het nie al die nodige voorbehoude. Ek tree vir 'n bietjie buitekant die hut uit en aanskou die hemel: Die sterre is getuies van my werk. Ek het teen die berg opgeklim, gevind sy voog, voltooi twee uitdagings (die een moeiliker as die ander), en ek staan nog. "Die armes streef meer na hul drome." Ek kyk na die reëling van die sterre en hul helderheid. Elkeen het sy eie belang in die groot heelal waarin ons lewe. Mense is ook belangrik op dieselfde manier. Hulle is wit, swart, ryk, arm, godsdiens A, of godsdiens B of enige geloof sisteem. Hulle is almal kinders met dieselfde vader. Ek wil ook my plek in die heelal inneem. Ek is 'n denkwyse sonder perke. Ek dink dat 'n droom kosbaar is, maar ek is bereid om daarvoor te betaal om in die grot van wanhoop in te gaan. Ek dink weer aan die hemel en dan terug na die hut. Ek was nie verbaas om voog daar te vind nie.

", was jy al lank hier? Ek het nie besef nie.

"Jy was so gekonsentreer in die dink van die hemel dat ek nie die spel van die oomblik wou breek. Daarbenewens voel ek tuis.

" Sit op hierdie geïmproviseerde bank wat ek gemaak het Ek sal die sop bedien.

Met die sop nog warm, het ek die vreemde dame in 'n kalbas wat ek gevind in die bos. Die wind slaan in die nag het my gesig en fluister woorde in my oor. Wie was daardie vreemde dame wat ek gedien het? Ek wonder of sy regtig wou om my te vernietig soos die spook gesink het. Ek het baie twyfel oor haar en dit was 'n groot geleentheid om hulle uit te ruim.

"Is die sop goed? Ek het dit met groot sorg voorberei.

" Wat het jy gebruik om dit voor te berei?

" Net 'n grap! Ek koop 'n voël van 'n jagter en gebruik' 'n paar natuurlike geursels uit die bos. Maar, die verandering van die onderwerp, wie is jy regtig?

"Dit betoon goeie gasvryheid vir die gasheer om eerste oor homself te praat. Dit is vier dae sedert jy hier op die top van die berg aangekom het en ek is nie eens seker wat jou naam is nie.

" Maar dit is 'n lang storie. Maak gereed. My naam is Aldivan Teixeira Tôrres en ek gee klas met wiskunde. My twee groot passies is literatuur en wiskunde. Ek is nog altyd 'n minnaar van boeke en sedert ek baie klein was, wou ek een van my eie skryf. Toe ek in my eerste jaar op hoërskool was, het ek uittreksels uit die boeke Prediker, wysheid en spreuke versamel. Ek was baie gelukkig ten spyte van die tekste wat nie myne was nie Ek het almal gewys, met trots Ek het 'n rekenaar kunswerk voltooi en opgehou studeer vir 'n rukkie Daarna het ek probeer om 'n tegniese kursus by 'n plaaslike kollege. Maar, ek besef dit was nie my veld deur 'n teken van die noodlot nie. Ek was voorbereid op 'n internskap in hierdie gebied. Maar die dag voor die toets het 'n vreemde krag voortdurend geëis dat ek tou opgooi. Hoe meer tyd verbygegaan het, hoe meer druk ek voel uit hierdie krag totdat ek besluit het om nie die toets te neem nie. Die druk het afgeneem en my hart is ook gekalmeer. Ek dink dit was die noodlot wat my nie laat gaan het nie. Ons moet ons eie beperkings respekteer. Ek het 'n aantal tenders gedoen, is goedgekeur en tans die rol van administratiewe assistent van onderwys beklee. Drie jaar gelede het ek 'n ander teken van die noodlot ontvang. Ek het probleme gehad en ek het uiteindelik 'n senuwee-ineenstorting gehad. Ek het toe begin skryf en binne 'n kort tydjie gehelp om te verbeter. Die resultaat was die boek "Visioen of a Medium " wat ek nog nie gepubliseer het nie. Al hierdie dinge het vir my gewys dat ek in staat was om te skryf. en 'n waardige beroep te hê. Dis wat ek dink: ek wil werk wat ek wil doen en ek wil gelukkig wees. Is dit te veel vir 'n arm persoon om te vra?

" Jy het talent en dit is seldsaam in hierdie wêreld. Op die regte tyd sal jy suksesvol wees Seëvierend is diegene wat glo in hulle drome.

" Dis hoekom ek hier is in die middel van nêrens waar die verbruiksartikels van die beskawing nog nie aangekom het nie.

Ek het 'n manier gevind om die berg te klim, om die uitdagings te bowe te kom. Al wat nou oorbly, is om in die grot in te gaan en my drome uit te voer.

"Ek is hier om jou te help. Vandat dit heilig geword het, is ek die bewaker van die berg. My sending is om alle dromers te help wat die grot van wanhoop soek. Sommige probeer om materiële drome te laat waar word soos geld, mag, sosiale vertoon of ander selfsugtige drome. Almal het tot dusver ongerealiseerde gebly, en hulle was nie te min nie. Die grot is regverdig met sy wense toe te staan.

Die gesprek het aangehou op 'n geruime tyd Ek was geleidelik besig om belangstelling in dit as 'n vreemde stem geroep my uit die hut. Elke keer dat hierdie stem geroep my het ek voel verplig om uit te gaan uit nuuskierigheid. Ek moes gaan Ek wou weet wat daardie vreemde stem in my gedagtes beteken. Saggies, ek het afskeid gesê vir die vrou en uiteengesit in die rigting wat deur die stem aangedui is. Wat wag op my? Laat ons aanhou, leser.

Die nag is koud en die aanhoudende stem bly in my gedagtes. Daar was 'n soort van vreemde verbintenis tussen ons. Ek het reeds 'n paar meter buite die hut geloop, maar dit het gelyk te wees myl deur die moegheid dat my liggaam was voel. Die instruksies wat ek verstandelik ontvang het, het my gelei in die duisternis 'n Mengsel van moegheid, vrees vir die onbekende en nuuskierigheid het my beheer. Wie se vreemde stem was dit? Wat wou sy hê? Die berg en sy geheime... Vandat ek die berg leer ken het, het ek geleer om dit te respekteer. Die voog en haar raaisels, die uitdagings wat ek moes konfronteer, die ontmoeting met die spook; alles het spesiaal geword. Dit was nie die hoogste in die noordooste of selfs die mees indrukwekkend, maar dit was heilig. Die mites van die medisyne man en my drome het my daartoe gelei Ek wil al die uitdagings wen, in die grot ingaan en my versoek doen. Ek sal 'n ander man wees. Ek sal nie meer net vir my wees nie, maar Ek sal die man wees wat die spelonk en sy vuur oorwin het. Ek onthou die woorde van die voog goed, om nie te veel te vertrou nie. Ek onthou die woorde van Jesus wat gesê het:

""Hy wat in my glo, sal die ewige lewe hê.

Die risiko's sal my nie laat ophou van my drome nie Dit is met hierdie gedagte dat ek nog steeds getrou is. Die stem word sterker en sterker. Ek dink ek kom by my bestemming Reg voor, ek sien 'n hut. Die stem sê vir my om daarheen te gaan.

Die hut en sy gloeiende vreugdevuur is in 'n uitgestrekte, plat plek. 'N jong, lang, dun meisie met donker hare is rooster 'n tipe van peusel op die vuur.

" Ek het geweet dat jy my oproep sal beantwoord.

"Wie is jy? Wat wil jy van my hê?

"Watter spesiale kragte het jy om na my te roep met jou gedagtes?

"Dit is telepatie, dom. Is jy nie bekend daarmee nie?

" Kan jy my leer?

"Jy sal eendag leer, maar nie by my nie. Vertel my watter droom jou hier bring?

"in alles, my naam is Aldivan. Ek het die berg geklim in die hoop dat ek my teenstander kant sou vind Hulle sal my lot bepaal. As iemand hulle teenstanders kan beheer, sal hulle wonders kan verrig Dit is wat ek nodig het om my droom te verwesenlik om te werk in 'n gebied wat ek geniet en met dat ek baie siele droom. Ek wil nie net vir my in die grot ingaan nie, maar vir die ganse heelal wat my hierdie geskenke gegee het. Ek sal my plek in die wêreld hê, en so sal ek gelukkig wees.

" Ek is 'n inwoner van die kus van Pernambuco. In my land het ek gehoor van hierdie wonderdadige berg en sy grot Ek was onmiddellik belangstel in die reis hier, selfs al het ek gedink dat alles is net 'n legende. En ek het my goed bymekaargemaak, weggegaan, in Mimoso aangekom en teen die berg opgeklim.

Ek het die jak pot getref Noudat ek hier is, gaan ek in die grot en sal my wens vervul Ek sal 'n groot Godin wees, versier met krag en rykdom. Almal sal my dien. Jou droom is net dom. Waarom vra jy vir 'n bietjie of ons die wêreld kan hê?

" Die grot doen nie klein wonderwerke. Jy sal misluk Die voog sal jou nie toelaat om in te gaan nie Om in die grot in te gaan, moet jy drie uitdagings wen. Ek het reeds twee van die stadiums verower Hoeveel het jy gewen?

"Hoe dom, uitdagings en voogde. Die grot respekteer net die sterkste en mees selfversekerde Ek sal môre my begeertes bereik en niemand sal my keer nie, hoor jy?

" As jy spyt is, sal dit te laat wees Wel, ek dink ek gaan. Ek het bietjie rus nodig, want dit is laat. Wat jou betref, ek kan nie wens dat jy geluk in die grot omdat jy groter wil wees as God self. Wanneer mense hierdie punt bereik, vernietig hulle hulleself.

""Onsin, jy is alles woorde. Niks sal my laat terugkeer na my besluit nie.

Sien dat sy was vasbeslote ek het opgegee, en jammer vir haar. Hoe kan mense soms so kleingeld word? Die mens is net waardig as hy veg vir regverdige en egalitarisme ideale. Stap die spoor, ek onthou die tye wat ek al verkeerd is of dit was deur 'n swak-merk ondersoek of selfs van die verwaarlosing van ander. Dit maak my ongelukkig Bo-op hierdie, is my familie heeltemal teen my droom en glo nie in my. Dit maak seer Eendag sien hulle rede en sien dat drome moontlik kan wees Op daardie dag, nadat alles gesê en gedoen is, sal Ek my oorwinning sing en die Skepper verheerlik. Hy het my alles gegee en net vereis dat ek my geskenke deel, want, soos die Heilige boek sê, nie 'n lamp opsteek en dit onder die tafel sit nie. Dit is eerder bo vir almal om te hande te klap en verlig te word. Die spoor breek en dadelik sien ek die hut wat my so baie sweet om te bou. Ek moet gaan slaap, want môre is nog 'n dag en ek het planne vir my en vir die wêreld. Goeie nag, lesers Tot die volgende hoofstuk.

Die Beramer

'n Nuwe dag begin Lig verskyn, die bries van die oggend streel my hare, voëls en insekte vier 'n viering, en die plantegroei lyk of dit herbore word. Dit gebeur elke dag Ek vryf my oë, was my gesig, borsel my tande en bad 'n bad. Dis my roetine voor ontbyt Die bos bied nie voordele of opsies nie. Ek is nie gewoond daaraan nie. My ma het my so bederf dat ek my koffie bedien het Ek eet my ontbyt in stilte, maar iets weeg op my kop. Wat sal die derde en finale uitdaging wees? Wat gaan met my in die grot gebeur? Daar is so baie vrae sonder antwoorde dit maak my duiselig. Die oggend vorder en daarmee so ook my verlamming, vrese en koue. Wie was ek nou? Beslis nie dieselfde. Ek het teen 'n heilige berg opgeklim op soek na 'n lot waarvan ek nie eens geweet het nie. Ek het die voog gevind en nuwe waardes ontdek en 'n wêreld groter as wat ek ooit gedink het bestaan. Ek het twee uitdagings gewen en moes nou net die derde te staan kom. 'N skrikwekkende derde uitdaging wat ver en onbekend was. Die blare rondom die hut beweeg immereffens. Ek het geleer om die natuur en die seine daarvan te verstaan. Iemand kom nader.

"Hallo! Is jy daar?

Ek het gespring, die rigting van my blik verander en die geheimsinnige figuur van die voog beoog. Sy lyk gelukkiger en selfs rooskleurige ten spyte van haar oënskynlike ouderdom.

" Watter nuus het jy vir my gebring?

" Dit sal op jou sewende dag hier op die berg gehou word, want dit is die maksimum tyd dat 'n sterflike hier kan bly. Dit is eenvoudig en bestaan uit die volgende: Maak dood die eerste mens of dier wat jy teëkom wanneer jy jou hut op dieselfde dag verlaat. Anders sal jy nie geregtig wees om in die grot in te gaan wat jou die diepste begeertes gee nie. Wat sê jy? Is dit nie maklik nie?

" Dood? Lyk ek soos 'n moordenaar?

" Berei jou voor, want daar is net twee dae en...

'n Aardbewing met 'n grootte van 3,7 op die Richterskaal skud die hele top van die berg. Die skudding laat my duiselig en ek dink dat ek gaan flou word. Al hoe meer gedagtes kom by jou op Ek voel my krag sit en voel handdoeke wat kragtig veilig my hande en my voete. In 'n flits sien ek myself as slaaf en werk in velde wat deur heers oorheers word. Ek sien die boeie, die bloed en hoor die geroep van my metgeselle. Ek sien die rykheid, trots en verraad van die kolonels. Ek sien ook die uitroep tot vryheid en reg vir die verdruktes. O, hoe die wêreld is onregverdig! Waarom, terwyl die horlosie nie kan wees nie, kan dit nie. Die boeie breek. Ek is gedeeltelik vry. Ek is nog gediskrimineer, gehaat en veronreg. Ek sien nog die slegte van die wit manne wat my noem, my negeer "Ek voel nog steeds minderwaardig. Weer hoor ek die geroep van geraas, maar nou is die stem duidelik, skerp en bekende. Die skudding verdwyn en stadig herwin ek my bewussyn Iemand lig my op Nog 'n bietjie Woody, roep ek uit:

"

Die voog, in trane, kan nie 'n antwoord vind nie.

"My seun, die grot het net 'n ander siel vernietig. Wen asseblief die derde uitdaging en oorwin hierdie vloek Die heelal is sameswering vir jou oorwinning.

" Net die skepper se lig kan verlig my gedagtes en my dade Ek waarborg: ek gaan nie maklik ophou met my drome nie.

" Voorspoed, Kind van God! Sien jou gou!

En toe hy dit gesê het, het die vreemde dame weggegaan en is opgelos in 'n rookwolk. Nou was ek alleen en moes ek voorberei vir die finale uitdaging.

Een dag voor die laaste uitdaging

Dit is ses dae vandat ek teen die berg opgegaan het. Hierdie hele tyd van uitdagings en ondervindinge het my baie laat groei. Ek kan die natuur makliker verstaan, ek en ander Die natuur marsjeer na sy eie maat en is gekant teen die voorwendsels van die mens. Ons ontbos die bosse, besoedel die water, en stel gasse vry in die atmosfeer. Wat kry ons daaruit? Wat maak regtig vir ons saak, geld of ons eie oorlewing? Die gevolge is daar: Wêreldwye verwarming, vermindering van flora en fauna, natuurrampe. Sien die mens nie dat dit alles sy skuld is nie? Daar is nog tyd. Daar is tyd vir lewe. Doen jou deel: Stoor water en energie, hersirkuleer afval, moenie die omgewing besoedel nie. Vereis jou regering om jou aan omgewingskwessies oor te dra. Dis die minste wat ons vir onsself en vir die wêreld kan doen. Ek kom terug na my avontuur, sodra ek teen die berg opgeklim het, ek verstaan my wense en my beperkings beter. Ek het verstaan dat drome net moontlik gemaak word solank dit edel en regverdig is. Die grot is regverdig en as ek die derde uitdaging wen, sal dit my droom bewaarheid laat word. Toe ek die eerste en tweede uitdagings gewen het wat ek die wense van ander beter verstaan het. Die meeste mense droom om rykdom, sosiale aansien en hoë vlakke van die bevel te hê. Hulle sien nie meer wat die beste in die lewe is nie: Professionele sukses, liefde en geluk. Wat die mens werklik spesiaal maak is sy eienskappe wat skyn deur sy werk. Mag, rykdom, en sosiale vertoon maak niemand gelukkig nie. Dit is wat ek soek op die heilige berg: Geluk en 'n totale domein van die "vyandige magte" Ek moet uitgaan vir 'n bietjie. Stap vir trap, my voete lei my buite die hut wat ek gebou het. Ek hoop op 'n teken van lot.

Die son warm word, die wind word sterker, en geen teken verskyn nie Hoe sal ek die derde uitdaging wen? Hoe sal ek met die mislukking saamleef as ek nie my droom kan uitvoer nie?

Ek probeer die negatiewe gedagtes uit my gedagtes te skuif, maar die vrees is sterker. Wie was ek voor die berg klim? 'n Jong man, heeltemal onseker, bang om die wêreld en sy mense te trotseer 'N jong man wat eendag in die hof geveg het vir sy regte, maar hulle is nie toegestaan. Die toekoms het vir my gewys dat dit die beste was. Soms wen ons deur die verloor. Die lewe het my dit geleer. Sommige voëls skree om my. Hulle verstaan my kommer. Môre is 'n nuwe dag, die sewende bo-op die berg. My lot is in gevaar met hierdie derde uitdaging Bid, lesers, dat ek kan wen.

Die derde uitdaging

'n Nuwe dag verskyn. Die temperatuur is aangenaam en die lug is blou in al sy ontsaglike lig, ek het my lomerige oë gevryf. Die groot dag het aangebreek, en ek is gereed daarvoor. Voor enigiets, moet ek my ontbyt voorberei Met die bestanddele wat ek daarin geslaag het om die dag voor te vind, dit sal nie so skaars wees. Ek berei die pan voor en begin kraak die smaaklike hoendereiers oop. Die vet spat en byna my oog. Hoeveel kere in die lewe, ander lyk ons met hul sorge seer. Ek eet my ontbyt, rus 'n bietjie en maak my strategie. voor Die derde uitdaging lyk of dit alles behalwe maklik. is Dit is ondenkbaar om vir my dood te maak " Ja, ek sal dit moet konfronteer. Met hierdie resolusie, begin ek te loop en gou is ek uit die hut. Die derde uitdaging begin hier en ek berei daarvoor. Ek neem die eerste spoor en ek begin loop. Die bome langs die pad van die pad is wyd met diep wortels. Waarna soek ek? Sukses, oorwinning en prestasie. Ek sal egter niks doen wat teen my beginsels is nie My reputasie gaan voor roem, sukses en mag. Die derde uitdaging is om my te pla Om vir my dood te maak is 'n misdaad selfs al is dit net 'n dier. Aan die ander kant wil ek in die grot ingaan en my versoek doen. Dit verteenwoordig twee "vyandige magte" of "teenoorgestelde paaie."

Ek bly op die paadjie en bid dat ek niks kry nie. Wie weet, miskien sal die derde uitdaging afgewys word Ek dink nie dat die voog so vrygewig sou wees nie. Die reëls moet deur almal gevolg word. Ek stop 'n bietjie en kan nie glo wat ek sien: 'n Oselot en sy drie welpies, baljaar om my. Dis dit Ek sal die moeder van drie welpies nie doodmaak nie. Ek het nie die hart nie. Totsiens sukses, totsiens grot van wanhoop. Genoeg drome. Ek het nie die derde uitdaging voltooi nie, en ek gaan weg Ek sal terugkeer na my huis en my geliefdes Ek gaan gou terug na die kajuit om my sakke te pak. Ek voltooi nie die derde uitdaging nie.

Die kajuit word afgebreek. Wat beteken dit alles? 'n Hand raak my skouer liggies aan Ek kyk terug en ek sien die voog.

" Jy het die uitdaging vervul en het nou die reg om in te gaan in die grot van wanhoop. Jy wen!

Die sterk omhelsing wat sy aan my gegee het, het my toe nog meer verwar. Wat het hierdie vrou gesê? My droom en die grot kon gevind word, na alles? Ek het dit nie geglo nie.

"Wat bedoel jy? Ek het nie die derde uitdaging voltooi nie. Kyk na my hande, hulle is rein. Ek sal my naam nie bevlek met bloed nie.

" Dink jy dat 'n kind van God in staat sal wees vir so 'n gruweldade soos wat ek gevra het? Ek twyfel nie dat jy waardig genoeg is om jou drome te verwesenlik nie, maar dit kan 'n rukkie duur om die werklikheid te word. Die derde uitdaging het jou deeglik beoordeel en jy het onvoorwaardelike liefde vir God se skepsele getoon. Dit is die belangrikste ding vir 'n mens. Nog iets: Net 'n suiwer hart sal die grot oorleef. Bewaar jou hart en jou gedagtes rein om dit te oorkom.

" Dankie, lewe, vir hierdie toeval. Ek belowe om jou nie teleur te stel nie

Emosie het 'n houvas van my gevat soos dit nooit was voordat ek die berg geklim het nie Was die grot regtig in staat om wonders te verrig? Ek was op die punt om uit te vind.

Die Grot van Wanhoop

Nadat ek die derde uitdaging gewen het, was ek gereed om die gevreesde grot van wanhoop binne te gaan, die grot wat onmoontlike drome verwesenlik Ek was nog 'n dromer wat hulle geluk gaan probeer. Vandat ek die berg opgegaan het ek was nie meer dieselfde. Nou was ek vol vertroue in myself en in die wonderlike heelal wat my gehou het. Die vorige omhelsing wat die vreemde vrou het my ook meer ontspanne. Nou was sy daar deur my sy ondersteun in elke opsig. Dit was die ondersteuning wat ek nooit van my geliefdes gekry het nie My onafskeidbare tas is onder my arm Dit was tyd vir my om afskeid te sê aan daardie berg en sy geheime. Die uitdagings, die voog, die spook, die jong meisie en die berg self wat lyk of lewe, hulle het my almal gehelp om te groei. Ek was gereed om te gaan en die gevreesde grot te sien. Die voog is aan my sy en sal my vergesel op hierdie reis na die grot se ingang. Ons gaan, want die son gaan reeds na die horison Ons planne is in algehele harmonie. Die plantegroei rondom die spoor wat ons gereis het en die geraas van diere maak die omgewing baie plattelandse. Die voog se stilte gedurende die hele kursus lyk die gevare dat die grot omhul. Ons stop 'n bietjie. Die stemme van die berg lyk om iets te sê vir my. Ek gebruik hierdie geleentheid om die stilte te verbreek.

"Kan ek iets vra? Wat is hierdie stemme wat my so pynig?"

"Jy hoor stemme. Interessant. Die heilige berg het die towerkrag om alle droom harte te herenig. Jy kan hierdie magiese vibrasies voel en dit interpreteer. Maar, moenie veel aandag skenk aan hulle, want hulle kan lei tot die mislukking. Probeer om op jou eie gedagtes te konsentreer en hulle bedrywighede sal minder wees. Wees versigtig. Die grot kan jou swakhede opspoor en dit teen jou gebruik.

" Ek weet nie wat in die grot op my wag nie, maar ek glo dat die geeste wat die verligting gee, my sal help. My lot is op die spel en in sekere mate dié van die res van die wêreld ook.

" Kom ons gaan voort loop omdat dit nie lank sal wees tot sononder nie. Die grot moet omtrent 'n kilometer van hier af wees.

Die gedreun van voetstappe hervat. 'n Kwart myl het my droom geskei van sy verwesenliking. Ons is aan die westekant van die top van die berg waar die winde al hoe sterker word. Die berg en sy geheime... Ek dink dat ek dit nooit ten volle sal weet nie .Wat het my beweeg om dit te klim? Die belofte van die onmoontlike word en my avonturier en verkenner instinkte. In werklikheid, wat moontlik was en 'n alledaagse roetine was besig om my dood te maak. Nou het ek lewend gevoel en gereed om uitdagings te oorkom. Die grot is nader. Ek kan alreeds sy ingang sien. Dit lyk indrukwekkend, maar ek is nie mismoedig nie 'n Verskeie gedagtes dring my hele wese binne. Ek het nodig om my senuwees te beheer. Hulle kon my betyds verraai Die voogde moet stop. Ek gehoorsaam.

" Luister goed na wat Ek gaan sê, want Ek sal dit nie herhaal nie; voordat jy ingaan, bid een Onse Vader vir die engel van jou beskerming. Dit sal jou beskerm teen die gevare As jy ingaan, moet jy versigtig wees om nie in strikke te trap nie. Nadat jy die grot se hoof loopbaan gereis het, 'n sekere hoeveelheid tyd, sal jy drie opsies teëkom: Geluk, mislukking en vrees. Kies geluk. As jy kies mislukking, sal jy 'n arm mal man bly wat altyd gedroom het As jy besluit, sal jy jouself heeltemal verloor. Geluk maak toegang tot twee meer scenario's wat vir my onbekend is. Onthou: Net die suiwer van hart kan die grot oorleef. Wees wys en vervul jou droom.

" Die oomblik wat ek wag vir altyd sedert ek het opgegaan die berg het gekom. Dankie, voog, vir al jou geduld en ywer met my. Ek sal jou nooit vergeet nie, of die oomblikke wat ons saam deurgebring het.

Woede het my hart gevat toe ek vir haar totsiens gesê het. Nou was dit net ek en die grot, 'n teweeg wat die geskiedenis van die wêreld en ook my eie sou verander. Ek kyk reg na dit en kry my flitslig van my tas om die pad verlig Ek is gereed om in te gaan. My bene lyk gevries voor hierdie reus. Ek moet die krag bymekaarmaak om voort te gaan op die pad. Ek is Brasiliaans en ek gee nooit, moed opgee nie Ek neem my eerste stappe en ek het die effense gevoel dat iemand my vergesel Ek dink ek is baie spesiaal vir God. Hy behandel my asof ek sy seun was My voetstappe begin versnel, en uiteindelik gaan ek in die grot. Die aanvanklike fassinerende is oorweldigend, maar ek moet versigtig wees as gevolg van die strikke. Die vogtigheid van die lug is hoog en die koue intense. Stalaktiete en stalagmiete vul feitlik oral om my. Ek het ongeveer vyftig meter in gegaan en die koue begin om my hoendervleis oral oor my liggaam te gee. Alles het ek deurgegaan voordat ek die berg klim, begin in my gedagte opkom: die vernederings, die onregte en die afguns van ander. Dit lyk of al my vyande in die spelonk is en wag vir die beste tyd om my aan te val. Met 'n skouspelagtige sprong, oorkom ek die eerste strik. Die vuur van die grot het amper verteer my. Nadja was nie so gelukkig nie Klink aan 'n stalaktiet van die plafon dat wonderdadig my gewig verduur, het ek daarin geslaag om te oorleef. Ek moet afklim en voortgaan my reis na die onbekende. My voetstappe versnel maar versigtig Die meeste mense is haastig, in 'n haas om te wen of om doelwitte te bereik. Fantastiese ratsheid het my net van 'n tweede strik gered Tallose spiese is opgehang na my Een van hulle het so naby gekom om my gesig te krap. Die grot wil my vernietig. Ek moet meer versigtig wees van nou af. Dit is ongeveer een uur sedert ek in die grot ingegaan het en nog steeds ek het nie gekom het na die punt van wat die voog gepraat het. Ek moet naby wees. My voetstappe gaan voort, versnel, en my hart gee 'n waarskuwingsteken. Soms, luister ons nie aandag aan die tekens wat ons liggaam gee nie. Dit is wanneer mislukking en teleurstelling plaasvind. Gelukkig is dit nie vir my nie Ek hoor 'n baie harde geraas kom in my rigting. Ek begin hardloop. Binne 'n paar oomblikke, besef ek dat ek gejaag word deur 'n reuseklip wat teen 'n groot spoed stroom. Ek hardloop vir 'n rukkie en met' 'n skielike beweging is ek in staat om weg te kom van die rots, vind skuiling aan die kant van die grot. Wanneer die steen verbygaan, is die voorste deel van die grot toegemaak en dan reg in die voorkant van drie deure verskyn. Hulle verteenwoordig geluk, mislukking en vrees. As ek 'n mislukking kies, sal ek nooit iets anders as 'n arm mal man wat eendag gedroom het om 'n skrywer te word nie. Mense sal my jammer kry As ek vrees kies, sal ek nooit groei of bekend word deur die wêreld nie. Ek kan die bodem tref en myself vir ewig verloor. As ek geluk kies, sal ek voortgaan met my droom, en ek sal in die tweede scenario insit.

 Daar is drie opsies: 'n deur na regs, na links, en een in die middel. Elkeen van hulle verteenwoordig een van die opsies: Geluk, mislukking of vrees. Ek moet die regte keuse maak. Ek het mettertyd geleer om my vrese te oorkom: Vrees vir die duisternis, vrees om alleen te wees en vrees vir die onbekende. Ek is ook nie bang vir sukses of die toekoms nie Vrees moet die deur op die regterkant voorstel. Mislukte is die gevolg van swak beplanning. Ek het 'n paar keer misluk, maar dit het nie gemaak dat ek ophou met my doelwitte. Mislukte behoort as 'n les te dien vir 'n latere oorwinning Mislukte moet die deur aan die linkerkant verteenwoordig. Laastens moet die middeldeur geluk voorstel, want die regverdige draai nie regs of links nie. Regverdigheid is altyd gelukkig Ek maak my sterkte bymekaar, en ek kies die deur in die middel. Wanneer ek dit oopmaak, het ek genoeg toegang tot 'n sitplek en op die dak, is die naam Geluk geskryf In die sentrum is 'n sleutel wat toegang verleen tot 'n ander deur. Ek was regtig reg. Ek het die eerste stap vervul. Dit los my nog 2. Ek kry die sleutel en probeer dit in die deur. Dit pas baie goed. Ek maak die deur oop. Dit gee my toegang tot 'n nuwe galery Ek begin dit af te gaan. 'n Menigte gedagtes oorstroom my van gedagte; wat sal die nuwe strikke wees wat ek moet teëkom? Waar sal hierdie galery my lei? Daar is baie onbeantwoord vrae. Ek gaan stap, en my asemhaling word gespanne, want die lug word al hoe skaarser. Ek het reeds ongeveer 'n tiende van' 'n myl en ek moet oplettend bly. Ek hoor 'n geraas en val op die grond om myself te beskerm. Dit is die geraas van klein vlermuise wat om my skiet. Sal hulle my bloed suig? Is hulle karnivore? Gelukkig vir my, hulle verdwyn in die galery Ek sien 'n gesig en my liggaam bewe Is dit 'n spook? Nee Dit is vlees en bloed en dit kom by my, gereed om te veg. Dit is een van die priester hond van die grot. Die geveg begin. Hy is baie vinnig en probeer my te slaan in 'n kritieke plek. Ek probeer om sy aanvalle te ontvlug Ek baklei terug met 'n paar skuiwe wat ek geleer het om na rolprente te kyk. Die strategie werk. Dit maak hom bang en hy beweeg bietjie terug Hy stamp terug met sy verweer kuns, maar ek is voorbereid daarvoor. Ek slaan hom op die kop met 'n rots wat ek opgetel het in die grot. Hy val bewusteloos Ek is heeltemal afkerig vir geweld, maar in hierdie geval was dit streng nodig. Ek wil gaan na die tweede scenario en die geheime van die grot ontdek. Ek begin weer loop en ek bly oplettend en beskerm myself teen enige nuwe strikke. Met die vogtigheid laag, waai die wind en word gemakliker. Ek voel die strome van positiewe gedagtes wat deur die Guadiana gestuur word. Die grot donker nog meer, transformasie self. 'N virtuele labirint wys self reguit vorentoe Nog een van die grot is strikke. Die ingang van die labirint is perfek sigbaar. Maar waar is die uitgang? Hoe gaan ek in, en gaan nie weg nie? Ek het net een opsie: kruis die labirint en neem die risiko. Ek bou my moed en begin die eerste stappe doen na die ingang van die doolhof Bid, leser, dat ek die uitgang vind. Ek het geen strategie in gedagte nie Ek dink ek moet my kennis gebruik om my uit die gemors te kry. Met moed en geloof delf ek in die doolhof Dit lyk meer verwarrend op die binnekant as uit. Die mure is wyd en draai sirkels. Ek begin die oomblikke in die lewe onthou waar ek myself verloor het asof in 'n doolhof. Die dood van my pa, so jonk, was 'n ware slag in my lewe Die tyd wat ek werkloos is en nie studeer het ook laat voel verlore asof in 'n doolhof. Ek was nou in dieselfde situasie. Ek bly loop en daar lyk geen einde aan die doolhof. Het jy al ooit desperaat gevoel? Dit is hoe ek gevoel het, totaal desperaat. Dit is waarom dit die naam het van wanhoop. Ek versamel my laaste bietjie krag en staan op. Ek moet die uitweg vind tot elke koste. Een laaste idee tref my, ek kyk op na die plafon en sien baie vlermuise. Ek sal een van hulle volg Ek noem hom "Assistent" 'n Assistent kan 'n doolhof te oorwin. Dit is wat ek nodig het. Die vlermuis vlieg baie vinnig en ek moet byhou met hom Dis goed dat ek fisies fiks is, amper 'n atleet. Ek sien die lig aan die einde van die tonnel, of beter nog, aan die einde van die labirint. Ek is gered.

Die einde van die doolhof het my na 'n vreemde toneel gelei in die galery van die spelonk. 'N kamer gemaak van spieëls. Ek loop versigtig rond uit vrees dat iets breek. Ek sien my refleksie in die spieël Wie is ek nou? 'n Arm jong dromer van plan om sy lot te ontdek. Ek lyk veral bekommerd. Wat beteken dit alles? Die mure, plafon, die vloer alles is bestaan uit glas. Ek raak aan die oppervlak van 'n spieël. Die materiaal is so broos, maar getrou reflekteer die aspek van die mens self. In 'n oomblik duidelike beelde verskyn in drie van die spieëls, 'n kind, 'n jong persoon hou 'n kis, en 'n ou man. Hulle is almal ek. Is dit 'n visioen? Ek het werklik kinderagtige aspekte soos reinheid, onskuld en geloof in mense. Ek dink nie dat ek van hierdie eienskappe ontslae wil raak nie. Die jongman van vyftien verteenwoordig 'n pynlike fase in my lewe: Die verlies van my vader. Ondanks sy onbuigsame en afsydige maniere, was hy my pa. Ek onthou hom nog met nostalgie Die bejaarde man verteenwoordig my toekoms Hoe sal dit wees? Sal ek suksesvol wees? Getroud, ongetroud of selfs weduwees? Ek wil nie 'n opstand of gekrenkte ou man wees nie Genoeg met hierdie beelde. My geskenk is nou. Ek is 'n jong man van ses en twintig, met 'n graad in wiskunde, 'n skrywer. Ek is nie meer 'n kind nie, en die vyftienjarige wat sy vader verloor het Ek is ook nie 'n ou man nie. Ek het my toekoms voor my en ek wil gelukkig wees Ek is nie enige van hierdie drie beelde nie Ek is myself. Met 'n impak, die drie spieëls waarin die individue verskyn breek en 'n deur verskyn. Dit is my ingang in die derde en laaste scenario.

Ek maak die deur oop wat toegang gee tot 'n nuwe galery. Wat wag op my in die derde scenario? Laat ons voortgaan, leser. Ek begin loop en my hart versnel asof ek nog in die eerste toneel. Ek het baie uitdagings en slaggate die hoof gebied en ek beskou myself reeds as 'n wenner. In my gedagtes, ek soek die herinneringe van die verlede toe ek in klein grotte gespeel het. Die situasie is nou heeltemal anders. Die grot is groot en vol lokvalle. My flitslig is amper dood. Ek gaan stap en reguit vorentoe kom 'n nuwe strik: Twee deure. Die "vyandige magte" skree binne my uit Dit is nodig om 'n nuwe keuse te maak. Een van die uitdagings kom by my op, en ek onthou hoe ek die moed gehad het om dit te oorkom. Ek het die pad regs gekies. Die situasie is anders, want ek is binne 'n donker, klam grot. Ek het my keuse gemaak, maar begin ook die woorde onthou van die voog wat oor leer gepraat het. Ek moet die twee kragte leer ken om totale beheer oor hulle te hê. Ek kies die deur links Ek maak dit stadig oop, bang vir wat dit kan wegsteek. Terwyl Ek dit oopmaak, aanskou ek 'n gesig; binne-in 'n heiligdom is ek, vol beelde van heiliges met 'n kameel op die altaar. Kan dit die Heilige Graaf, die verlore kelk van Christus wees wat ewige jeug gee aan die wat daarvan drink? My bene skud. Impulsief hardloop ek na die koalisie en begin drink daarvan. Die wyn smaak hemelse, van die gode. Ek voel duiselig, die wêreld spin, die engele sing en die gronde van die grot sidder. Ek het my eerste gesig: Ek sien 'n Jood met die naam van Jesus, saam met sy apostels, genesing, terwyl hy sy volk vrylaat en leer uit nuwe perspektiewe. Ek sien die hele trajektor van sy wonders en sy liefde. Ek sien ook die verraad van Judas en die Duiwel agter sy rug optree. Uiteindelik sien ek sy opstanding en heerlikheid. Ek hoor 'n stem vir my sê: Sê aan jou versoek. Uit vreugde roep ek uit: ek wil die Seer word!

Die wonderwerk

Kort na my versoek, sidder die heiligdom, vul die rook, en ek kan verander in stemme hoor. Wat hulle openbaar is heeltemal geheim. 'n Klein vuur kom uit die kalief en land in my Hand. Sy lig is deurdringend en verlig die hele grot. Die mure van die grot transformeer en gee plek aan 'n klein deur wat verskyn. Dit gaan oop en 'n sterk wind begin om my daarteen te stoot. Al my pogings is in my gedagte: My toewyding aan studie, die manier waarop ek God se wette noukeurig nagekom het, die berg, die uitdagings, en selfs hierdie einste gedeelte na die grot. Dit alles het vir my 'n verstommende geestelike groei gebring. Ek was nou voorbereid om gelukkig te wees en my drome te verwesenlik Die veel gevreesde grot van wanhoop het my gedwing om my versoek te doen. Ek onthou ook in hierdie verhewe oomblik almal van diegene wat bygedra het tot my oorwinning direk of indirek: My laerskoolonderwysers, mev. Socorro, wat my geleer lees en skryf, my onderwysers van die lewe, my skool en werkmaats, my familie en die voog wat my gehelp het om die uitdagings en hierdie einste grot te oorkom. Die sterk wind stoot my na die deur en binne in die geheime kamer.

Die krag wat my gestoot het, hou uiteindelik op. Die deur sluit toe. Ek is in 'n baie groot kamer wat hoog en donker is. Aan die regterkant is 'n masker, 'n kers en 'n Heilige boek. Links is 'n jaap, 'n kaartjie en 'n kruis. In die middel, hoog, is 'n interessante lyk sirkelvormige apparaat gemaak van yster. Ek loop na die regterkant: ek sit die masker aan, gryp die kers en maak die Heilige boek oop op 'n willekeurige bladsy. Ek loop na die linkerkant; ek sit my noem, skrywe my naam en alias aan die kaartjie en beveilig die kruis met die ander Hand. Ek loop na die sentrum en ek staan myself presies onder die apparaat. Onmiddellik word 'n sirkel lig deur die toestel uitgestraal en koevert my heeltemal. Ek ruik die reukwerk wat elke dag gebrand word ter gedagtenis aan die groot dromers: Martin Luther King, Nelson Mandela, Moeder Teresa, Francis van Assisi en Jesus Christus. My liggaam vibreer en begin dryf. My sintuie begin wakker word en met hulle kan ek gevoelens en bedoelings meer diep herken. My geskenke is versterk en ek kan wonderwerke verrig in tyd en ruimte. Die kring gaan al hoe meer toe en elke gevoel van skuldgevoelens, onverdraagsaamheid en vrees word uit my verstand uitgewis. Ek is amper gereed: 'n Herhaal van visioene begin om te verskyn en verwar my. Uiteindelik gaan die sirkel uit In 'n oomblik, 'n volgorde van deure is geopen en met my nuwe geskenke wat ek kan sien, voel en hoor perfek. Die gille van karakters wat wil manifesteer, duidelike tye en plekke begin verskyn en betekenisvolle vrae begin my hart verswak. Die uitdaging om heldersiende te word, word gelanseer.

Ek gaan die grot klaar

Met alles wat bereik is, was al wat nou oorgebly het, vir my om die grot te verlaat en my ware reis af te lê. My droom is toegestaan en nou net nodig om aan die werk te sit. Ek begin loop en met min tyd laat ek die geheime kamer agter Ek voel dat geen ander mens ooit die genot sal hê om in te gaan. Die grot van wanhoop sal nooit weer dieselfde wees nadat ek seëvierend verlaat, vol vertroue en gelukkig. Ek keer terug na die derde scenario: Die beelde van die heiliges bly ongeskonde en is bly gelukkig met my oorwinning. Die beker het omgeval en is droog. Die wyn was heerlik. Ek werk kalm rond die derde scenario en voel die atmosfeer van die plek. Dit is regtig so heilig soos die grot en die berg. Ek skreeu van vreugde en die eggo vervaardig word ook in die grot. Die wêreld sal nie meer dieselfde wees ná die Seer nie Ek stop, dink en dink aan myself in elke opsig. Met 'n laaste afskeidskus, verlaat ek die derde scenario en kom ek terug na dieselfde deur op die linkerkant wat ek gekies het. Die pad van die siener sal nie maklik wees nie, want dit sal moeilik wees om die vyandige kragte van die hart ten volle te beheer en dit dan aan ander te leer. en die pad links, wat my opsie was, verteenwoordig kennis en deurentyd met verborge kragte, bekering of die dood self. Die stap raak uitgebreid as die grot is uitgestrekte, donker en baie vogtig. Die uitdaging van die Seer is dalk groter as wat ek besef: Die uitdaging om harte te versoen, lewens en gevoelens. Dit is nie al nie: ek moet nog my eie pad oppas. Die galery raak nou en daarmee so my gedagtes. My gevoelens van heimwee, sowel as nostalgie vir wiskunde en my eie lewe. Laastens, kom die nostalgie van myself Ek haas my voetstappe en gou is ek in die tweede scenario. Verbroke spieëls verteenwoordig nou die dele van my verstand wat bewaar en uitgebrei is: die goeie gevoelens, die deugde, die gawes en die kapasiteit om te herken wanneer ek oortree het. Die scenario van spieëls is 'n refleksie van my eie siel. Hierdie selfkennis sal ek saam met my my hele lewe neem Nog steeds in my geheue geberg is die syfers van die kind, die jong vyftienjarige en die bejaarde man. Hulle is drie van my baie gesigte wat ek bewaar, want hulle is my eie geskiedenis. Ek verlaat die tweede scenario en daarmee laat ek my herinneringe. Ek is in die galery wat lei na die eerste scenario. My verwagtinge van die toekoms en my hoop word hernieu Ek is die Seer, 'n geëvolueerde en spesiale wese, bestem om baie siele droom te maak. Die na die grot tydperk sal as opleiding en verbetering van voor bestaande vaardighede dien. Ek gaan 'n bietjie verder en vang 'n blik op die labirint. Hierdie uitdaging het my amper vernietig. My redding was Assistent, die vlermuis wat my gehelp het om die uitgang te kry Nou het ek hom nie meer nodig nie, want met my heldersiende kragte kan ek maklik verbygaan Ek het die geskenk van leiding in vyf vliegtuie. Hoe dikwels voel ons asof ons verlore is in 'n doolhof: Wanneer ons werksgeleenthede verloor, Wanneer ons teleurgesteld is met die groot liefde van ons lewens, wanneer ons die gesag van ons meerderes te staan kom, Wanneer ons hoop verloor en die vermoë om te droom, Wanneer ons ophou om vakleerlinge van die lewe en wanneer ons verloor die vermoë om ons eie lot te Rig. Onthou: Die heelal maak die persoon vatbaar, maar dit is ons wat daarvoor moet gaan en bewys dat ons waardig is. Dit is wat ek gedoen het. Ek het teen die berg opgegaan, drie uitdagings uitgevoer, in die grot ingegaan, sy valstrikke verslaan en ek het my bestemming bereik. Ek kom deur die labirint, en dit maak my nie gelukkig nie, want ek het reeds die uitdaging gewen Ek wil nuwe horison soek Ek het ongeveer twee myl geloop tussen die geheime kamer, die tweede en die derde scenario's, en met hierdie besef ek voel 'n bietjie moeg. Ek voel sweet druppel af, ek voel ook die lugdruk en lae vogtigheid. Ek nader die ninja, my groot teenstander Hy lyk nog steeds uitgeslaan. Ek is jammer dat ek jou so behandel het, maar my droom, my hoop en my lot was op die spel. ' 'n Mens moet belangrike besluite neem in belangrike situasies Vrees, skaamte en moraliteit kom net in die plek van die hulp. Ek het sy gesig aangetrek, en ek probeer om lewe weer in sy liggaam te herstel Ek tree op so omdat ons nie meer teenstanders is nie, maar metgeselle van hierdie episode. Hy lig en met 'n diep boog hy geluk my. Alles was agtergelaat: Die stryd, ons "vyandelike magte," ons verskillende tale en ons duidelike doelwitte. Ons lewe in 'n situasie wat anders is as die vorige een. Ons kan praat, verstaan mekaar, en wie weet, miskien selfs vriende wees. So, die volgende spreuk: Maak van jou vyand 'n ywerige en getroue vriend. Uiteindelik, omhels hy my, sê totsiens en wens my geluk. Ek gee dit weer. Hy sal voortgaan om 'n deel te vorm van die raaisel van die grot en ek sal 'n deel vorm van die geheim van die lewe en van die wêreld. Ons is "vyandelike magte" wat mekaar gevind het Dit is my doel in hierdie boek: om die "vyandige magte te herenig." Ek bly stap in die galery wat toegang tot die eerste scenario gee. Ek voel selfvertroue en heeltemal kalm in teenstelling met toe ek die eerste keer in die grot ingestap het. Vrees en duisternis en onvoorsiene het my verskrik. Die drie deure wat geluk aangedui het, vrees en mislukking het my gehelp om te evolueer en die sin van dinge te verstaan. Versuim verteenwoordig alles waaruit ons wegloop sonder om te weet hoekom. Misluk moet altyd 'n oomblik van leer. Dit is die punt waar die mens ontdek dat dit nie volmaak is nie, dat die pad is nog nie getrek nie en hierdie is die oomblik van herbouing. Dit is wat ons altyd moet doen: Wees herbore Neem byvoorbeeld bome: hulle blare verloor hulle, maar nie hulle lewe nie. Laat ons wees soos hulle: Wandel gedaantewisselings. Die lewe vereis dit. Vrees is aanwesig wanneer ons bedreig of onderdruk voel Dit is die beginpunt vir nuwe mislukkings. Kom jou vrese te bowe en ontdek dat hulle net bestaan in jou verbeelding. Ek het 'n goeie deel van die galery van die grot gedek en op hierdie oomblik, gaan ek by die deur van geluk. Almal kan deur hierdie deur gaan en hulleself oortuig dat geluk bestaan en kan bereik word as ons heeltemal in harmonie met die heelal is. Dit is betreklik eenvoudig. Die werker, die messelaar, die skoonmaker is bly om hulle sendings uit te voer; Die boer, die suikerriet planter, die cowboy is almal bly om die produk van hulle arbeid te versamel, onderwyser in die onderwys en leer, die skrywer skriftelik en lees, die priester verkondig die goddelike boodskap, en behoeftige kinders, weeskinders, en bedelaars is gelukkig om woorde van toegeneentheid en sorg te ontvang. Geluk is binne ons en verwag voortdurend ontdek word. Om waarlik gelukkig te wees, moet ons haat vergeet, skinderpraatjies, mislukkings, vrees en skande. Ek loop voort en ek sien al die strikke wat ek bestuur het en wonder waarvan mense gemaak is as hulle nie opvattings, paaie of lotsbestemmings het nie. Nie een van hulle sou die strikke oorleef het nie, want hulle het nie 'n veiligheidsnet, 'n lig of krag wat hulle ondersteun nie. Die mens is niks as hy alleen is nie. Hy maak net iets van homself toe hy verbind is met die magte van die mensdom. Hy kan net sy plek maak as hy is in volle harmonie met die heelal. Dit is hoe ek nou voel: In volle harmonie omdat ek teen die berg opgegaan het, het ek die drie uitdagings gewen en ek het die grot geslaan, die grot wat my droom bewaarheid het. My stap is amper klaar, want ek sien lig van die ingang van die grot af kom. Ek sal binnekort daaruit wees.

Die reünie het die Guadiana ontmoet

Ek is uit die grot. Die lug is blou, die son is sterk en die wind is noordwes. Ek begin om die hele buitewêreld te aanskou en verstaan presies hoe pragtig en uitgebreid die heelal werklik is. Ek voel soos 'n belangrike deel daarvan, want ek het teen die berg opgegaan, ek het die drie uitdagings uitgevoer, is deur die grot getoets en gewen. Ek voel ook in elke opsig verander omdat ek vandag nie meer net 'n dromer is nie, maar 'n visioen, geseën met geskenke. Die grot het regtig 'n wonder verrig. Wonderwerke gebeur elke dag, maar ons besef dit nie. 'n Broederlike gebaar, die reën wat lewe, aalmoese, selfvertroue, geboorte, ware liefde, 'n kompliment, die onverwagte, geloof beweeg berge, geluk en lot opwek, dit alles verteenwoordig die wonderwerk wat lewe is. Die lewe is regtig vrygewig.

Ek gaan aan om oor die buitekant te dink, heeltemal met ontsag. Ek is verbind met die heelal en dit aan my. Ons is een met dieselfde doelwitte, verwagtinge en oortuigings. Ek is so gekonsentreerd dat min sien ek wanneer 'n klein hand my liggaam raak. Ek bly in my spesifieke en unieke geestelike herinnering, totdat 'n effense wanbalans deur iemand my van my as afbreek. Ek begin te vra en ek sien 'n seun en die voog Ek dink hulle is aan my sy vir 'n rukkie en ek het nie besef dit.

" Veels geluk! Ek het gehoop jy sou. Onder al die krygers wat reeds probeer het om in die grot in te gaan en hulle drome te verwesenlik, was jy die bekwaamste. Maar, jy moet weet dat die grot net een stap onder baie is dat jy in die lewe sal sien. Kennis is wat jou ware krag sal gee en dit is iets wat niemand van jou sal kan neem nie. Die uitdaging is van stapel. Ek is hier om jou te help. Kyk hier, ek het hierdie kind gebring om jou te vergesel op jou ware reis Hy sal baie help. Jou sending is om die "vyandige magte" te herenig en hulle op 'n ander keer vrug te dra. Iemand het jou hulp nodig, en daarom sal ek jou stuur.

" Die grot het regtig my droom bewaarheid. Nou is ek die Seer en gereed vir nuwe uitdagings Wat is hierdie ware reis? Wie is dit iemand wat my hulp nodig het? Wat gaan met my gebeur?

" Ek sal een van hulle antwoord. Met jou nuwe kragte sal jy terug in tyd gaan om onregte te verdraai en iemand te help om hulleself te vind. Die res sal jy vir jouself ontdek Jy het presies dertig dae om hierdie sending uit te voer. Moenie jou tyd mors nie.

" Wanneer kan ek gaan?

"Vandag. Tyd is dringend.

Die voog het my die kind gegee en totsiens gesê vriendelik. Wat wag op my op hierdie reis? Kan dit wees dat die Seer regtig onregte kan regmaak? Ek dink al my kragte sal nodig wees om goed te doen op hierdie reis.

Ek sê totsiens na die berg

Die berg blaas 'n kalm en vrede in Sedert ek hierheen gekom het, het ek geleer om dit te respekteer Ek dink dat dit my ook gehelp het om dit te skaal, om die uitdagings te oorkom en in die grot in te gaan. Dit was regtig heilig. Dit het so geword as gevolg van die dood van 'n geheimsinnige sjamaan wat 'n vreemde ooreenkoms met die kragte van die heelal gemaak het. En Hy het beloof om sy lewe te gee in ruil vir die herstel van vrede in sy stam. Eeue lank het die Xukuru die streek oorheers. Op daardie tyd het hulle stamme in die oorlog was as gevolg van die slinkse van 'n towenaar uit die noordelike Kualopu " stam. Hy het na mag en totale beheer oor die stamme gesmag. Hulle planne het wêreldoorheersing ingesluit met hul donker kunste. So het die oorlog begin. En die suidelike stam het die aanvalle en die dood begin. Die hele Xukuru-nasie is gedreig om uit te sterf Toe het die skaam aan van die Suide sy leër herenig en die ooreenkoms gesluit. En die suidelike stam het die geskil gewen, die waarsêer is gedood, die skaam het die prys vir sy verbond betaal, en vrede is herstel. Sedertdien het die berg van Ororubá heilig geword.

Ek is nog op die rand van die grot ontleed die situasie. Ek het 'n sending om uit te voer en 'n seun om te versorg selfs al is ek nog nie 'n pa myself. Ek ontleed die seun van kop tot tone en besef dit dadelik. Hy is dieselfde kind wat ek probeer red uit die kloue van daardie wrede man. Dit lyk vir my hy is stom, want ek het nog om hom te hoor praat. Ek probeer die stilte verbreek.

"Seun, het jou ouers ingestem om jou saam met my te laat reis? Kyk, ek gaan jou net vat as dit streng nodig is.

"Ek het nie 'n gesin nie. My ma is oorlede 3 jaar gelede Daarna het my pa vir my gesorg. Ek was egter so baie misbruik dat ek besluit het om te ontsnap. Die voog sorg nou vir my. Onthou wat sy gesê het, jy het my nodig op hierdie reis.

" Vertel my: Hoe het jou vader jou mishandel?

"Hy het my twaalf uur per dag laat werk. Maaltye was skaars. Ek kon nie speel, studeer of selfs vriende hê nie. Hy het my dikwels geslaan. Daarbenewens, het hy nooit vir my enige soort liefde wat 'n pa moet gee. So, ek het besluit om weg te loop.

" Ten spyte van die feit dat jy nog 'n kind is, is jy baie wys Jy sal nie meer ly met hierdie monster van 'n pa nie. Ek belowe om goed vir jou te sorg op hierdie reis.

" Ek twyfel

"Renato. Dit was die naam wat die voog vir my gekies het Voordat ek nie 'n naam of enige regte gehad het nie Wat is joune?

"Aldivan. Maar jy kan my noem die Later of Kind van God.

" Wanneer gaan ons weg, sien?

" Nou moet ek my afskeid putte aan die berg sê.

Met 'n gebaar, ek het 'n sein gemaak sodat Renato my sou vergesel. Ek sou sirkel deur al die voetslaanpaaie en berghoek voordat ek vertrek na 'n onbekende bestemming.

'n Reis terug in die tyd

Ek het net gesê my afskeid putte aan die berg. Dit was belangrik in my geestelike groei en het bygedra tot my kennis. Ek sal goeie herinneringe van dit: Sy gesellige top waar ek die uitdagings voltooi het, het die voog teëgekom en ook waar ek in die grot ingegaan het. Ek kan nie die spook vergeet, die jong meisie of die kind, wat nou saam met my is nie Hulle was belangrik in die hele proses, want hulle het my refleksie laat weerspieël en my kritiseer. Hulle het bygedra tot my kennis van die wêreld. Nou was ek gereed vir 'n nuwe uitdaging. Die tyd van die berg is verby, die grot is ook, en nou sal ek terugreis in die tyd. Wat wag op my? Sal ek baie avonture hê? Net die tyd sal leer Ek gaan die top van die berg verlaat Ek neem my verwagtinge, die sak, my besittings en die seun wat nie van my wil loslaat nie. Van bo af sien ek die straat en die inhoud daarvan in die dorp Mimoso. Dit lyk klein, maar dit is belangrik vir my, want dit is waar ek teen die berg opgegaan het, die uitdagings gewen het, in die grot ingegaan en die voog, die spook, die jong meisie en die seun ontmoet. Dit was alles belangrik dat ek die Seer wou word. Die Seer, die persoon wat in staat was om die mees verwarde harte te verstaan en te staar tyd en afstand om ander te help. Die besluit is geneem. Ek sal gaan.

Ek neem die kind se arm stewig en begin konsentreer 'n Koue wind waai, die son verhit 'n bietjie en die stemme van die berg begin optree. Dan onder hoor ek 'n dowwe stem roep vir hulp. Ek fokus op hierdie stem en begin my kragte gebruik om dit te probeer vind. Dis dieselfde stem wat ek gehoor het in die grot van wanhoop. Dit is die stem van 'n vrou. Ek kan 'n sirkel lig om my skep om ons te beskerm teen die impak van reis deur die tyd. Ek begin ons spoed versnel Ons moet die spoed van lig bereik om deur die tyd versperring te breek. Die lugdruk styg bietjie vir bietjie. Ek voel duiselig, verlore en verward. Vir 'n oomblik, oortree ek wêrelde en vliegtuie parallel met ons eie. Ek sien onregverdige gemeenskappe en tiranne soos in ons eie. Ek sien die geestewêreld en sien hoe hulle werk in die volmaakte beplanning van ons wêreld. Ek sien vuur, lig en duisternis en rook doeke. Intussen versnel ons spoed selfs meer. Ons is naby die spoed van lig. Die wêreld draai en vir 'n oomblik sien ek myself in 'n ou Chinese ryk, werk op 'n plaas. Nog 'n tweede verbygaan, en ek is in Japan, wat peuselhappies aan die Keiser bedien Ek verander gou plekke en ek is in 'n ritueel, in Afrika, by 'n Aanbidding sessie van Orixás. Ek herleef voortdurend lewens in my geheue. Die spoed neem selfs meer en in 'n kort oomblik het ons ekstase bereik. Die wêreld stop roterende, die sirkel-mans en ons val op die grond. Die reis terug in die tyd was voltooi.

Einde

www.ingramcontent.com/pod-product-compliance
Lightning Source LLC
LaVergne TN
LVHW020442080526
838202LV00055B/5307